句集

鮑海女《あわびあま》

富田範保

ふらんす堂

序

富田範保さんの作品を読むたび思うのは、俳句という詩形の端正さと美しさである。ほんとうは富田さんの句が端正であり美しいのだが、まるで俳句そのものが富田さんの言葉を通じてその姿を現したといった風情なのだ。漱石の『夢十夜』に出てくる運慶が、木のなかに埋まっている仁王像を掘り出すように、富田さんもまた、然るべき言葉を過不足なくぴたりと五七五に収めてゆく。その手続きが何の苦渋もなしに行われているような印象を与えるのである。

むろん富田さんとて、そう易々と作句しているわけではあるまい。わたしは「伊吹嶺」誌同人欄の選者として、その創作過程を垣間見るチャンスに恵まれているのだが、富田さんは毎回一つの主題、あるいは一つの季語で連作を試みている。似た句が並ぶことをいとわず、すこしずつ角度を変えながら同じ対象をスケッチしているうちに、時折目の覚めるようなイメージが立ち昇るのである。感性がどんどん研ぎ澄まされてゆくプロセスに、わたし自身が立ち会っているような思いで選をしている。

この句集を手にした人はだれしも感じるだろうが、富田さんの句の洗練は群を抜いている。俳句が三度の飯より好きな人が（と、わたしには見える）、毎日倦まずたゆまず作句をつづけ（きっと、そうにちがいない）、その修練のなかで身につけた独自のリズム感と自在な言葉の運用力がこの一書に凝縮している。

「あとがき」にもあるように、富田さんとわたしは師系が異なる。富田さんが本格的に俳句を作りだしたのは昭和六十三年のこと。中日文化センターの俳句教室に入門し、「笹」前主宰の故伊藤敬子氏に師事したのである。「笹」にも入会し、伊藤師のもとで俳句の根幹を徹底して学んだ由だ。縁あって平成二十九年に「伊吹嶺」に入会してくださった。つまりわたしは富田さんと知り合ってまだ五年ほどで、しかも直接顔を合せるのは月一回の同人句会だけだから、俳句について親しく語り合ったりしたことはない。だが、その作品にはいつも瞠目させられる。

わたしは「伊吹嶺」に入会して以来、栗田やすし主宰（現「伊吹嶺」顧問）のもとで即物具象の俳句を学び、物に即して表現することに努めてきた。富田さんの作風はいささかそれとはちがうのだ。「写生」という点では同じなのだが、それが「即物」的でなく、一段と言葉の芸が細かいと言うのか、わたしの俳句にはない表現上の工夫が顕著なのである。ときにはそれがやや技巧的に思われ、句会で選にとまどうこともあるけれど、他方で、自分の句に欠けている鮮やかなレトリックや調べの美しさに魅了されている。

なかでもリフレインは、富田さんが最も得意とする技法の一つである。

追ふ犬も追はるる犬も息白し
寒天を干して日の楯風の楯
抜く足に沈む足あり蓮根掘る
水を押し水を曳きゆく代掻機
くちなしの咲く今日の色昨日の色

はその一例だが、このようなリフレインや対句表現が醸し出す調べのよさは格別で、つい声に出して口ずさみたくなる。

ふだんわれわれが使う慣用表現が、富田さんの手にかかると見事に異化され、詩性を帯びるのにも驚かされる。

川鮒に和して同ぜず捨金魚
たかんなの衿を正して庭に出づ
捨て台詞吐くごと枇杷の種吐きぬ
口ほどに物言ふ手足壬生念仏

などもそうだし、

流水に置きどころなき蝶の影
川上に幸あるごとく鮎上る
鴨残る自問自答を繰り返し

の「置きどころなき」「幸あるごとく」「自問自答」も下手をすれば観念的になりかねないのに、こうして読んでみると、むしろ切実さが胸に迫ってくる。

猟期終ふ山も安堵の色深め
雨粒を宥むるごとく蓮葉揺る
勝凧の糸に伝はる武者震ひ
薔薇真紅接写に色のひるまざる
電飾を纏ひて冬木眠られず

にみられる擬人法も、富田さんにとっては自家薬籠中の物といえよう。ただし肝心なことは、これが単なる技法ではないことで、万物を有情（命あるもの）と観じ、感情によって外界を把握しようとする世界観に裏打ちされていることである。その作品を通読すれば、富田さんが本質的に抒情の俳人であることがわかる。

句集名を考えてほしいとご本人から言われ、わたしはかなり悩んだ。句材も豊富だし、季語も多彩。そのうえ旅吟も多く様々な名所旧跡を訪ねておられるので、それらを集約する一語を見出すことがとてもむずかしく思われたのだ。

ただ、富田さんはとりわけ海がお好きらしく、海辺の風景や島の暮しをたくさん詠んでおられる。そのなかでも「海女」もしくは「鮑海女」をモデルにした句にわたしはいたく心を揺さぶられた。

五月晴れ眩しと海女のまた潜く
鮑海女夫の手を借り脱ぐ磯着
磯着脱げば二児の母なり胡瓜揉む
虚空蹴り海に逆立つ鮑海女
海を出て雨を厭ひぬ鮑海女
海女潜く人魚となるを夢に見て

などはもはや吟行句ではない。「鮑海女」への慈愛にみちたまなざしと労わりの心は、苦楽を分かち合うほどの連帯感があればこそのものだ。そのようなことを思い、句集名を決めさせていただいた。

令和四年九月

河原地英武

鮑海女／目次

句集

鮑海女

昭和六十三年〜平成五年

蟻蠓の径を塞ぎて影もなし　平成元年

逃水を追へば埠頭の海に消ゆ　平成二年

袋振り嵩確かむる蝗捕り

五指拡げ間を確かめつ菜を間引く

臨月の腹もて蟷螂構へたる

追ふ犬も追はるる犬も息白し

平成三年

小女子の出船入船鳥を供

吉野山　一句

一木に悲話の一つも花の山

金魚選る媼に大き座胼胝

尺蠖の尺とり直す桶の縁

小面に溢れし顔や汗光る

時にある心のすさみ茗荷汁

飛機の灯に音の蹤きゆく星月夜

死ぬるとは生くる続きと生御魂

今朝秋の黄身二つあるハムエッグ

忘却のごと綿虫の消えにけり

諍も時に気晴らし鴨騒ぐ

縦波に横波重ね紙を漉く

平成四年

青き踏み十七文字を反芻す

白足袋を神酒に清めて祭騎手

五月晴れ眩しと海女のまた潜く

川鮒に和して同ぜず捨金魚

盆のもの磨く心の晴るるまで

四肢張りて冬日に干さる牛の皮

平成五年

平曲のことわり悲し春の海

平成六年〜十年

平成六年

風花や五弁に開く三方五湖

海鼠突く一社一寺の島晴れて

山口誓子先生逝去　一句

凍港の解けし頃なり巨星落つ

獺期終ふ山も安堵の色深め

唐招提寺　一句

惜春や凭れてぬくきエンタシス

仁和寺の法師のくだり梅雨寒し

沙羅咲くや畢竟吾は一凡夫

飴色に透けて糸吐くかひこ

揚羽舞ふ殿上人の眼の高さ

菱採るや前も後もなき田舟

小面の内の漆黒鉦叩

斎王の京恋ふ歌や星祭

真顔にて一人相撲の倒れたる

土蜘蛛のごと雪吊りの縄投ぐる

松阪・本居宣長旧居　一句

鈴屋の鈴の音十色時雨けり

聖菓切る家族四人のきりの良さ

平成七年

藍甕の藍休めゐる三ケ日

諏訪湖　二句

御神渡り神真つすぐは歩まれず

爪立てて歩む神鶏凍て厳し

手に受けて確かな重さ雪蛍

連凧は天のきざはしなほ伸ばす

棒とれば尊の姿野火を打つ

鎌倉・鶴岡八幡宮　一句

実朝の銀杏阿修羅のごと芽吹く

菜の花の蝶と化すには風足らず

孑孑の棒振り甕の深さみる

滝落ちて水は微塵に砕けたる

餌を撒けば田を傾けて金魚寄る

箱詰の金魚に天地記さるる

たかんなの衿を正して庭に出づ

稲沢・祖父江の虫送り　二句

実盛の威を借る貧馬虫送り

虫送り果て実盛を火に投ず

輪唱の終りは知らず法師蟬

鰯雲今日福音の予感あり

にほ鳥の潜きて数の定まらず

福井・永平寺　一句

只管打坐起居一畳の底冷えす

写楽絵の十指に爆ぜし懐手

平成八年

初風呂や己に見えぬ蒙古斑

絵本ほどの厚さのカルテ春近し

老ゆるほどに地縁が大事炭を焼く

薄氷を踏みゆく心地知命過ぐ

呼気よりも吸気を長く梅の園

花万朶根の昂ぶりに躓きぬ

天動説信じてをりぬ春夕べ

巣鳥鳴く機屋の軒の微振動

人生は片道切符山笑ふ

逆潮に網引く白魚舟の遅々

放流の鮎はや友を追ふ気概

亀山・能褒野陵　一句

皇子ここに白鳥となる若葉風

ほうたるや過去は問はざる不文律

蟣蠓のゐて銃眼を曇らする

川の色まづ確かむる老鵜匠

芦に妻載せて芦舟帰りきぬ

娘の外泊籠の鈴虫かまびすし

吾にゐるジキルとハイド曼珠沙華

菊人形まづは秀吉草履取り

影よりは遠く離れず冬の蝶

松葉蟹釜に爪立て茹で上がる

平成九年

譜面なき神楽笛なり終りなき

指折りて足るほどの数白鳥来

動かざる指に衣を解く吹雪宿

寒鰤の跳ねて秤の定まらず

一声に解けし円陣芝青む

満目の桜見てゐる失語症

愚直に生きて悔なし葱坊主

巣燕や牛乳箱に隠し鍵

睡蓮の一花一葉地に括る

奈良・長谷寺　一句

きざはしは女御の歩幅牡丹寺

紫袱紗に残る母の香花菖蒲

ゴールして夏空仰ぐ漕艇手

熨斗鮑干して日に透け風に透け
糸吐きて夏蚕悲しきまで透くる
絞り女の端座身につく花四葩

舌で観る藍の機嫌や盆明くる

藍甕を一日休めて菊手入れ

奈良・鹿の角伐り　二句

角伐りの鹿の荒息押さへこむ

角伐られ角突く仕種秋の鹿

平成十年

寒天を干して日の楯風の楯

海の底見尽くして海女眼の優し

雨粒を宥むるごとく蓮葉揺る

門川に笹舟流す鑑真忌

金魚一槽くづと呼ばれて耀られけり

滝壺の一石となる滝行者

紫蘇揉みて生命線のまだ確か

祇園祭　二句

山鉾の月より若き月出づる

百人の漢百態鉾廻る

蛇の目蝶眼と眼合はせて翅畳む

捨て台詞吐くごと枇杷の種吐きぬ

郡上踊一揆の唄を美しく

検校の時に月見る眼の光

鴨一羽囮のごとく漂ひぬ

寒釣の衆に加はる往診医

意のままに波を作りぬ紙漉女

平成十一年〜十五年

平成十一年

抜く足に沈む足あり蓮根掘る

餌を撒けば声が声呼ぶ冬鷗

パズルめく土器の破片や地虫出づ

トランプのエースを拾ふ春波止場

無花果の意志なきまでに剪定す

京都　三句

風を呼び雲呼び壬生の鉦太鼓

口ほどに物言ふ手足壬生念仏

筆先に涼生まれけり京友禅

流水に置きどころなき蝶の影

手裏剣のごとく若鮎堰を越ゆ

水を押し水を曳きゆく代掻機

無為と言ふ時美しき著莪の雨

子に遺すもの何ならむ柿の花

錠のなき島の自転車浜万年青

梅雨湿り鶯張りの音を踏む

白昼夢見るやはんざき尾のさ揺れ

菊の香や人に二度ある誕生日

村の児はこれで全員里神楽

京都　二句

筬一打一打西陣年つまる

金閣の炎上かくや冬紅葉

平成十二年

煙まだ地を這ふ重さ炭を焼く

記紀の道万葉の道きぎす鳴く

巣燕や本舗元祖と軒連ね

蜑帰る座蒲団ほどの鱏下げて

田を植うる伊勢に日の神水の神

烏蝶刺客のごとく蹤きたる

あぢさゐの終の色とは水の色

蟬声の止みて耳鳴り生まれけり

伊勢・御塩浜　一句

灼熱の塩田己が影を掻く

夏渚抱きて縮むる浮袋

楚歌のごと蟬声包む山の城

志摩・安乗人形芝居　二句

夕月や蜑が大夫となる芝居

秋風にがくと首折る安乗木偶

秋風を摑む手振りの一輪車

芋の露人は仏の掌を出でず

手渡しで離島に降ろす聖菓函

天に二月俳に二師なし木菟鳴けり

ラグビーの勝利の拳地を叩く

平成十三年

紙一帖冬日の楯として干さる

高山　三句

目鼻なき猿ぼぼ笑まふ飛騨の雪

白洲の戸開けば飛騨の雪二尺

忙中に閑ある杜氏初便り

白魚を手に掬ひなば手の色に

吉野・国栖奏　一句

地を出でて国栖の御饌なる赤蛙

二ン月の風が寒しと海女潜く

呼ぶやうに答ふるやうに海女の笛

合掌家煤けぬものに雛の顔

手を挙ぐればそこがバス停老い桜

ひと息に牡丹崩るる夜のくだち

明日香・亀石　一句

代掻けば亀石夜の田に遊ぶ

浮苗を挿すや田の面の雲を踏み

半田亀崎・潮干祭　一句

引くほどに浜にめり込む祭山車

京都・葵祭　一句

地を掻きて出を待つ賀茂の祭馬

くちなしの咲く今日の色昨日の色

川の面の闇おし広げ鵜舟来る

魂抜けしごとく首折る祭木偶

炎塵や軍靴に踏まる肖像画

首都陥落銃口に挿す赤き薔薇
青空に染まらぬ速さ鷹渡る
調教の鞭の一閃寒気鳴る

霙るるや総身湯気立つ調教馬

干蛸の春日に透けし眼のありか

平成十四年

竿先となれば小鯛の鯛釣草

寺田屋へ急く郵便夫花の昼

島去るや船上に振る遍路鈴

金に金銀に銀の音遍路鈴

幹捩り色滴らす藤の花

海女潜く腰にくひ込む命綱

鬘手に子を追ふ母や山車歌舞伎

養老・滝開き　二句

法螺貝に法螺貝答ふ梅雨の峰

山伏の入山問答梅雨激し

蜘蛛の巣の雨を掬ひし真珠玉

手筒花火火屑の雨に仁王立ち

身の内を水ゆく心地鮎を釣る

和宮降嫁の中山道　一句

萩咲くや輿の幅なる石畳

新米の研ぎ汁にある絹の艶

武者ぶりもよき伊勢海老の緋の緘

地謡の声白息となりゆける

平成十五年

豆腐切る寒九の水ももろともに

地にしばし色をとどむる春の雪

梅ふふむ素顔の舞妓通りけり

日溜りに猫の舐めゐる恋の傷

浮御堂湖の朧に灯をともす

母の日やしばしし天地に棲み分れ

竿揺らし囮励ます鮎釣師

絵巻まくごとく金魚の鰓られけり

竹伐りて走る鞍馬の荒法師

鯨番屋ありし岬や草矢射る

棹とれば腰伸ぶる水夫祭舟

峰駆けて汗さへ見せず荒法師

呼べば舟揺らして答ふ蓴採り

ひぐらしや峰降り峰に一礼す

花馬の道広げゆく村祭

御嶽の全容捕ふ霞網

四囲の山色もて応ふ蛇笏の忌

今生は色即是空紅葉散る

皿に顔そむけ絵付け師大くさめ

窯出しの陶を割る音霜の花

鳰浮きて親を呼ぶ声子を呼ぶ声

客待ちの車夫の足踏み風花す

京都・六波羅蜜寺　二句

白息となりゆく念仏空也の忌

六道の辻に惑へる寒鴉

平成十六年〜二十年

平成十六年

岐阜・白山長滝神社・花奪祭　三句

花奪ひの堂のどよめきしづり雪

花奪ひの寒さに崩れ人やぐら

ちぎり絵のごとき雪降る峡十戸

昨夜の雪総出に掃ける寒天田

愛知・国府宮裸祭

儺追布悲鳴をあげて裂かれたる

呼ぶやうな埴輪の口や下萌ゆる

しろがねの比良を的とし魞を挿す

白魚の水より淡く泳ぎたる

四つ手網杓で二度打ち白魚汲む

奈良・薬師寺　二句

水煙の天女の笛や鳥帰る

双塔の古きを選び巣鳥鳴く

岐阜・能郷・能狂言　二句

農の手を休め能舞ふ雪解村

能を舞ふ雪解の山の銀屛風

虹色に息を包みぬしやぼん玉

奈良・興福寺　二句

蝶のごと白寿を舞ひぬ薪能

愁眉寄す阿修羅の像や走り梅雨

やすやすと雲に乗りたる水馬

裾さばき淑女のごとく海月浮く

愛知・寒狭川鮎滝　二句

永代に許され滝の鮎掬ふ

滝の鮎しぶきもろとも掬ひけり

負ひし荷に凭れ強力小休止

夏草や石に還りし石仏

支度万端終へて花火師地に寝まる

手筒花火掲ぐ火に耐へ音に耐へ

汗滂沱胸で鑿突く硯刻師

鶉籠の鶉夕日に透けて担はる

雷火立つ湖上の闇を真つ二つ

日にいまだ染まり足らずや赤とんぼ

雲低き日は雲に触れ鷹渡る

伊勢神宮　三句

人麻呂に座を一つ空け月の宴

龍笛は雲を呼ぶ笛月今宵

手がこひに忌火を育て虫の闇

石川・輪島　四句

夜なべの灯木地師蒔絵師軒連ね

烏賊釣り船水平線に灯を繋ぐ

蒸鰈骨美しく干し上がる

茣蓙一枚巻きて閉店南瓜売

真つさらの腹見せ鮃躍られけり

初春の百事如意てふ日の光

平成十七年

四代と書けぬ家系図福寿草

美しきほむらを育て鍛冶始め

日向ぼこなくて七癖爪を噛む

考ふるままに凍てけりロダン像

踏まれたる邪鬼の呻きや春寒し

花吹雪主役のごとく浴びにけり

浜松・凧揚げ合戦　五句

糸揺らし凧を励ます凧合戦

凧合戦凧一塊となりて落つ

勝凧の糸に伝はる武者震ひ

尾を摑み勝凧を地に引き戻す

進軍ラッパ吹き勝鬨の引き揚ぐる

攻め焚きの窯の咆哮星涼し

海中に梅雨はなかりと海女潜く

伝言のごと立ち止まる蟻と蟻

京都・五山送り火　二句

薪で薪打ちて束締む大文字

筆勢は弘法のものの大文字

走り根の踏み減る鞍馬つくつくし

水の面の秋日を包み投網打つ

霧雨や無言館の扉ぎぎと開く

足に鍵穿かせ温泉に入る虫の夜

釣り上げて湖の温さのある氷下魚

したたかに畳打ちたる恋歌留多

平成十八年

大垣・宝光院裸祭　四句

酒吹きて下帯締むる追儺衆

裸男へ追儺の風の尖りくる

裸男の水割りて入る寒の川

寒禊終へし鳥肌火に炙る

白魚の涙のごとき斑を持てる

沈丁の香を入れ封ず遺言書

無造作にほどかれしまま蝌蚪の紐

毛を刈られ羊駆け出す丸裸

島一つ伊勢の神領桜鯛

巣を揺らし蜘蛛石室の道塞ぐ

人生の今は何色花四葩

邪馬台国この地と信じ田を植うる

田の金魚呟くごとく泡を吐く

蜘蛛の巣の要に蜘蛛の逆さ吊り

白斑とも黒斑とも見え牛洗ふ

渡し舟着くたび揺るる鳰浮巣

烏賊釣りの灯に現はるる水平線

酔芙蓉ひと夜の思ひ包み落つ

寝転びて塗る船底やちちろ鳴く

籾殻の山低けれど活火山

京都・大覚寺大沢池　二句

灯を消して月の出を待つ月見舟

月の池龍頭鷁首舳を交はす

明石　二句

漏刻の絹糸光り秋の水

子午線の貫く町や燕去ぬ

枯蟷螂鎌で拭ひぬ眼の曇り

寒鮃跳ねて値札を飛ばしたる

氷山に転ぶペンギンまのあたり

大桶に醪つぶやく冬の闇

平成十九年

春を舞ふ操人形地を踏まず

陽炎ひぬ石工の昼寝石の上

鍵要らぬ島の生活や俊寛忌

島の灯へ針路をとりぬ月おぼろ

死を賜るほどの芸なし玉椿

思ひ立つ日が吉日や鴨帰る

鳥帰る空に唐子の宙返り

勝馬も負馬もゆく花吹雪

耀を待つ蛸にもありぬ深呼吸
祭笛指の震へは音の震へ
地を削る山車の軋みや辻廻し

酒吹きて締むる草鞋や荒神輿

鮑海女夫の手を借り脱ぐ磯着

磯着脱げば二児の母なり胡瓜揉む

人通る径を残して天草干す

蛇泳ぐ水のほつれを縫ふごとく

祇園会や仕立下ろしの藍匂ふ

蓮の葉の揺れゐて露を玩ぶ

蜘蛛の巣に蜘蛛逆さ吊り径塞ぐ

凌霄や板撓はせて陶運ぶ

雲灼くるまでに攻め焚く登り窯

塩盛りて塞ぐ窯口花むくげ

伊勢神宮・遷宮　一句

梅雨川の水胸で切りお木を曳く

風神の袋の萎む京の夏

足で揉む島の洗濯明易し

洗礼を蟬より受けて森を出づ

天近き吉野に住みて星祭る

迎へ火に母の好みし香を足す

鶺鴒の石の機嫌を問ひゆけり

伊勢神宮・遷宮　一句

夜を待ちて神のお移り虫すだく

三河三谷・三谷祭　三句

鰤下げて漁師馳せ来る浦祭

遠洋の漁師も帰り山車を引く

潮割りて海中渡御の山車進む

岐阜・裸祭　二句

夜のみそぎ胸で水割る寒の川

平成二十年

湯気纏ひ川より上がる寒みそぎ

寒蜆石の音して耀られけり

禅門を叩く雲水雪二尺

身の凍つるまでに対座す石の庭

三番叟海を祓ひて舞ひ初むる

絶叫のごとく口開く鮪糶る

冬さんま刀の反りに干し上がる

国盗りの城を遠見に麦を踏む

凧切れて空の奥へと逃げゆける

春塵を吹きて餉に座す船大工

鳥獣にしてこの涙涅槃絵図

ぼうたんの心を開くごと開く

三河八橋　一句

男とは背ナで泣くものの杜若

三界に女家なし更衣

桶に寄り息整ふる鮑海女

灯蛾舞ふやだらりの帯へ打つ切り火

目の合ひし鵜を出番とす老鵜匠

浮かびくる鵜に容赦なく火屑舞ふ

水踏んで簗の落鮎手で摑む

古戦場地霊のごとく虫すだく

轆轤師の秋灯に伸ばす壺の首

金沢　三句

鰤来るか竜巻の尾の海へ垂れ

雪吊りの縄まだ風と遊びをり

口に袖当ててしはぶく友禅師

羽搏きて水に立ちたる見張り鴨

銭入れの笊の揺れづめ歳の市

伊勢海老の髭を大事に網外す

この靴を履くと雨降る竜の玉

蒸鮨の届く南座楽屋口

平成二十一年〜二十五年

平成二十一年

奈良・石光寺　一句

皇子眠る山をそびらに寒牡丹

凍空の染み入る青さ点眼す

うしろ影大き誓子や冬の海

肌脱ぎの肩怒らせて弓始め

大阪・文楽劇場　三句

近松の愛とは死なり初芝居

黒子にもなべて雪降る初芝居

目つむりて操る木偶や春淡し

身の内の鬼そのままに鬼やらふ

扇失せ手持無沙汰の古雛

堰落つるまでの逡巡流し雛

鳥帰る額に釘打つ鬼瓦

眼より文字の逃げゆく春炬燵

都をどり声の黄色きよういやさ

大悟して火もまた涼し座禅草

日時計に時なき日なり芝桜

夜振の灯ともりて闇を深めたる
ぼうたんや無言に優る言葉なし
ケルン積むこの一石に岳高め

田楽を舞ふお田植ゑの泥の足

口丸く叫ぶ埴輪や聖母月

み仏の手を引く至福練供養

島若葉喪服一団船で着く

濡れ髪のまま葬に入る鮑海女

風薫るみな痩身の釈迦の弟子

頰赤き志功の仏さくらんぼ

昼酒の一合に酔ふ桜桃忌

詩眼まだ覚めず噴井に顔洗ふ

舟棹に絡む藻の花結びの地

虚空蹴り海に逆立つ鮑海女

海を出て雨を厭ひぬ鮑海女

人去りし後も首振る扇風機

八丁艪羽搏くごとき祭船

愛知・一色大提灯祭　一句

秋灯入り武者の眼光る大提灯

愛知・佐久島　三句

船降りて児の整列す秋の島

島の児を東西に分け草相撲

呼出しも行司も教師草相撲

東京・子規旧居　一句

常のごと秋灯のともる子規病間

柏原・一茶旧居　二句

地炉煙る一茶の座なる荒筵

降る雪や一茶旧居の鍋一つ

京都・高山寺　二句

立ち歩く戯画の蛙や小春晴

小春風戯画の蛙の高笑ひ

黙々と土裏返し蓮根掘る

平成二十二年

一声に水砕け散る寒修行

銃口と云ふ暗きもの浮寝鳥

地獄絵の人みな裸虎落笛

氷見　二句

立山の朝日眩しみ鰤を耀る

布袋腹見せて鮟鱇耀られけり

演奏の終はりて咳が咳を呼ぶ

春吐息入れて硝子の膨らみぬ

紅梅の花影潜る縄電車

白梅やこの世に未練なき齢

麗らかや貝の涙と云ふ真珠
海女潜く人魚となるを夢に見て
自づから海女の座決まる磯かまど

この島を出づる子ばかり卒業歌

宇治　二句

桜散る宇治に十種の源氏香

恋に散る源氏のをみな雪解川

川上に幸あるごとく鮎上る

山城の命の水や蝌蚪生まる

名ある山名のなき山も芽吹きけり

桐咲いて娘に結納の納まりぬ

白南風に身を撓はせて艪を漕ぎぬ

颯爽と騎士来る気配薔薇に風

軒に吊る欠航札や天草干す

孑孑を沈めて使ふ甕の水

釣られたる鮎が囮となり泳ぐ

釣り上げし鮎も囮も攩網の中

郡上八幡・郡上踊　三句

盆四日藍甕休め踊りぬく

己が染めし浴衣に踊る藍染師

踊の輪抜けて夜汽車の人となる

特記なき航海日誌鷹渡る

磯眼鏡跡つけしまま盆踊

篝火を消して鵜匠の月仰ぐ

石室の天なる星座ちちろ鳴く

木曽　二句

元禄とある宿帳や木曽の月

黄落や木曽に降嫁の宿割図

築地市場・浜離宮庭園　四句

師走河岸歩む真砂女にまみえむと

冬河岸の道活蛸の落し物

冷凍鮪石の音して切られけり

狩場とも知らず離宮に眠る鴨

その中に声のよき僧寒念仏

平成二十三年

初風に浜の祝詞のちぎれ飛ぶ

餌を撒けば潮の沸き立つ鰤生簀

木枯や穴あくだけの埴輪の眼

五箇山　三句

天上は今何幕目風花す

五箇山の雪の気通ふ紙を漉く

雪晒しして天平の紙を漉く

白に白紅に紅の香梅開く

窯の火に揺るる春月茶碗酒

湖の空ひと巡り鴨帰る

川挟み紺屋洗ひ屋柳絮舞ふ

徳島　四句

渦潮の咲きては萎む俊寛忌

沈下橋渡る遍路の薄化粧

春や憂し子を手にかけし木偶芝居

花冷や母と名乗れぬ木偶芝居

鴨残る自問自答を繰り返し

並びたる巣箱迷はず蜂帰る

白山の見ゆる高さに屋根を葺く

棕櫚咲くや耶蘇名に記す受難の碑

御饌の鯉湖に帰して祭果つ

薔薇真紅接写に色のひるまざる

大津・義仲寺　一句

木曽殿に緑蔭譲る翁塚

橋とんと突きて向き変ふ涼み舟

山を出て山に入る月木曽踊

露座仏の見下ろす海や鰯引く

桶に入り桶を洗ひぬ野分雲

鰯雲小声にをみな神を説く

筆柿の雨に朱墨を滴らす

鮎落ちて光の階となる魚道

天に星地に人の愛聖夜来る

霙るるや秤の揺るる閻魔堂

平成二十四年

堺　一句

踏石は利休の歩幅青木の実

甌穴のそれぞれ石を抱き氷る

渡り来て凍鶴天へ声返す

声凍つるまで鳴き交す番鶴

天暗むほどに乱舞の百合鷗

九分の理は妻にありけり餅を焼く

嚙みて飲む寒九の水や命なが

京都 二句

初釜や千家十職うち揃ひ

楽焼の一子相伝窯始め

恐竜の卵は石と化して凍つ

奈良　三句

氷面鏡采女入水の池閉ざす

どの顔も春を愁ひぬ阿修羅像

仏にも臍のありけり灯のおぼろ

京都・泉涌寺　二句

涅槃図の床に巻かれしままの象

涅槃図の嘆きに燭の揺れやまず

五重塔好む高さに巣鳥鳴く

戸を三寸開けて待ちたる初燕

翁碑の一字を棲処青蛙

叫ぶごと歌ふ園児や星祭

広島　三句

原爆を知る樹知らぬ木法師蟬

鬱々と蟹の泡噴く広島忌

天仰ぎ水飲む鶏や広島忌

秋風や半顔に笑むピカソの絵

付け鼻を取りてピエロの秋愁

唐獅子の屋根に逆立つ秋の風

能管に引かるるごとく星流る

出港す秋の虹をば潜らむと

黄落や地図を逆さに見て歩む

羽子板市武者と汐汲目を合はす

水の皺増やしてゆきぬ小春風

電飾を纏ひて冬木眠られず

平成二十五年

水煙に凍つる天女の笛の音

奈良山焼き　四句

野焼の火掲ぐ南都の荒法師

法螺貝の音に煽らるるお山焼き

山焼きの炎に月の揺れやまず

天に月残し山焼き終はりたる

刺鋭きは名花のあかし薔薇剪定

沖縄　三句

旅行書の付箋の十色春立ちぬ

紅型を飛び出て鳥の囀りぬ

ディナークルーズ沈む春日に乾杯す

奥の細道の旅　五句

雛を吊る津波の高さより高く

児を呑みし津波の海へ雛流す

浅蜊掻く津波の海に背を向けて
金色堂雪解雫の簾なす
つぎつぎと口の釘吐き屋根を葺く

をみなごの息の虹色しゃぼん玉

桑名・多度祭　三句

農耕馬磨きて今日の祭馬

大根を噛ませ鎮むる祭馬

眼に法被かぶせ鎮むる祭馬

老鶯や大鍋伏せし行者堂

伊勢神宮　二句

夜は神の通ふ道なり青葉木菟

火鑽具につくる御饌の火明易し

汗しとど石に跨り碑文彫る

亀の子の一途に駆けて波に乗る

シーソーの一人と二人木の実落つ

木の実打つ痛さに一句失へり

手に触れて物観るをみな萩の花

羽衣に適ふ枝ぶり松手入れ

水鶏笛吹きて伊賀路の秋惜しむ

菊飾る菊師は姫にひざまづき

闇好む神のお移りちちろ鳴く

散る力さへ失せにけり冬桜

松の剛竹の柔あり今朝の雪

羽広げ鶴白息に鳴き交す

寒鮃上目遣ひに耀を待つ

宮島の祢宜の煤掃き海へ掃く

南無大師遍照金剛風花す

獅子舞の戯れて躓く荒筵

ありたけの息頬に溜め神楽笛

あとがき

このたび「伊吹嶺」前主宰栗田やすし先生より句集出版のお勧めがあり、この機会に私の俳句を整理するのも終活の一つかと思い、出版を決意いたしました。丁度今年は私の喜寿の年であり、また金婚の年でもあり、よき記念碑になるのではとの思いが重なりました。

俳句との出会いは昭和六十三年に始まります。その頃私は眼の病を発症し、行く末に大きな不安を持っていました。少しずつ視野が欠けてゆく不安に脅えつつ、落ちつかない毎日を送っていました。そんな時これではいけないと一念発起し、勉強をするつもりで栄の中日文化センターを訪ねてみました。幸い私の休日に故伊藤敬子先生の「俳句の手ほどき」と言う講座があり、受講する事にしました。受講して俳句を作る事に意識が集まる様になり、次第に眼の病気の事を忘れる様になりました。心の状態が安定したせいか、病気の進行も止まり、普通の状態に戻りました。俳句を作る事が心と生活の支えとなったのです。

俳誌「笹」においては故伊藤敬子主宰より、写生の理論をみっちり教えていただき、それが今の私の俳句の根幹をなしていると思っています。平成二十九年、一身上の都合で「笹」を退会し、「伊吹嶺」の門を叩く事になりました。栗田やすし前主宰、河原地英武主宰に温かく迎え入れていただき、深く感謝をいたしております。

この句集は初期より平成二十五年までの「笹」時代の作品であり、河原地主宰に選と序文をお願いする事に心苦しい思いがありましたが、お忙しい中快くお引き受けいただき、深く感謝をいたしております。主宰には一一九〇句の中より五五〇句の選句をいただきました。

句集名は、「海を出て雨を厭ひぬ鮑海女」などの句より、河原地主宰より「鮑海女」と付けていただきました。海の句が多い中、わが意に適った題名であると思っております。

句集を編集していると、その一句一句に思い出があり、作った時の事が昨日の様に思い出されます。俳句を通じ多くの方々の知遇を受けました。「笹」の故伊藤敬子主宰と会員の皆様、「伊吹嶺」の栗田やすし前主宰、河原地主宰と会員の皆様、また地元の文化協会俳句部の皆様には一方ならぬご指導、ご支援を賜わり、厚く御礼申し上げます。これからも体力が続く限り、俳句の道を進みたいと思っておりますので、宜しくお願いいたします。

最後になりましたが出版に際しましてお世話になりました、ふらんす堂の皆様に厚く御礼申し上げます。

令和四年十二月

富田範保

著者略歴

富田範保（とみだ・のりやす）

昭和20年　岐阜県養老郡養老町に生まれる
昭和43年　岐阜大学卒業
昭和63年　中日文化センター俳句講座受講
　　　　　「笹」入会　故伊藤敬子主宰に師事
平成４年　弥富町（現在・市）文化協会俳句部に入部
平成８年　公益社団法人俳人協会会員
平成19年～21年　中日文化センター俳句講師
平成27年～29年　俳人協会愛知県支部事務局長
平成29年　「笹」退会
　　　　　「伊吹嶺」入会　栗田やすし主宰に師事
平成30年　「伊吹嶺」河原地英武新主宰に師事
令和２年　朝日カルチャーセンター俳句講師

現　在　「伊吹嶺」同人、俳人協会会員

現住所　〒498-0006　愛知県弥富市佐古木６丁目208番地の33

句集　鮑海女　あわびあま

二〇二二年一二月一二日　初版発行

著　者――富田範保

発行人――山岡喜美子

発行所――ふらんす堂

〒182-0002　東京都調布市仙川町一―一五―三八―二F

電　話――〇三（三三二六）九〇六一　ＦＡＸ〇三（三三二六）六九一九

ホームページ　http://furansudo.com/　E-mail　info@furansudo.com

振　替――〇〇一七〇―一―一八四一七三

装　幀――君嶋真理子

印刷所――日本ハイコム㈱

製本所――日本ハイコム㈱

定　価――本体二五〇〇円＋税

ISBN978-4-7814-1509-3　C0092　¥2500E